AF199558

MARTIN HECKT

Leviathan

Legenden von Kanthorus

Band 2

Bibliografische Information der Deutschen Nationalbibliothek: Die Deutsche Nationalbibliothek verzeichnet diese Publikation in der Deutschen Nationalbibliografie; detaillierte bibliografische Daten sind im Internet über dnb.dnb.de abrufbar.

Herstellung und Verlag:
BoD – Books on Demand, Norderstedt

ISBN: 9783751900225

Kapitel 1

 Es war Herbst in Aritholka. Die Bäume waren wunderschön bunt und leuchteten in allen nur erdenklichen Farben. Der Wind war mild und rauschte sachte zwischen den Blättern hindurch. Am Boden bewegte er die bereits gefallenen Blätter verspielt von rechts nach links. Selbst die hartgesottenen Bürger der Dörfer genossen dieses Schauspiel, selten war die Landschaft so bunt, wie zu diesder Zeit. Während die Natur sich langsam auf den Winter vorbereitete, begannen auch die Fischer sich langsam darauf vorzubereiten. Doch in der Natur, besonders bei

manchen Tieren begann jetzt die Balzzeit. Auch die Enten suchten sich nun langsam ihre Partner.

Eine dieser in der Natur lebenden Enten hatte eine eigenartige Farbe. Üblicherweise waren wildlebende Enten braun gesprenkelt und gut getarnt, doch diese war weiß. Schneeweiß. Das lag daran, dass sie eigentlich eine Hausente war. Doch sie war ausgebüchst, schon vor einiger Zeit und kam in der Natur sehr gut zurecht. Sie hatte schnell gelernt und entkam so ihren typischen Freßfeinden, dem Fuchs, dem Waschbären und auch dem Greifvogel.

Sie schlief nicht wie die meisten Tiere ihrer Art auf dem freien Wasser, sondern suchte sich meist ein von Schilf überwuchertes Stück Land am Ufer. Dort konnte sie von oben nicht gesehen werden, trotz ihres leuchtenden Gefieders.

Genau aufgrund dieses Gefieders war sie aber sehr beliebt bei den Erpeln.

Tagsüber befand sie sich, wie fast alle anderen Enten aus dieser Gegend auch, in der großen Ansammlung am kleinen See.

Den Tag verbrachte sie üblicherweise viel mit der Pflege ihres Gefieders. Es war ihr wichtig, ihre Federn mit dem Sekret der Burzeldrüsen besonders geschmeidig zu halten, denn etwas eitel war sie schon.

Zudem wollte sie ja auch satt werden, also gründelte sie oft mit der Hilfe ihrer Schnabellamellen im flachen Wasser des Sees. Man nennt es „gründeln", wenn Enten den Bodenschlamm nach Wasserinsekten, Krebstieren und Pflanzenteilen ab. So nennen die Völker des Planeten Kanthorus das zumindest.

Ihr als Ente war das aber herzlich egal. Sie hatte Hunger, also machte sie das was sie konnte, um satt zu werden.

Auch das Gründeln musste sie erst lernen. Früher lebte sie auf einem kleinen Bauernhof, und dort fütterte sie ein kleiner freundlicher Mann.

Aber so schön es dort auch war, es war keine Freiheit.

Und sie sehnte sich nach der Freiheit. Am liebsten würde sie auf dem Meer leben, aber das kam für eine Ente nicht in Frage. Das würde sie nie überleben.

Sie wusste, dass die komischen Zweibeiner auf merkwürdigen Holzschalen über das Meer schwimmen konnten, aber das traute sie sich nicht.

Also blieb sie an ihrem kleinen See und genoß dort ihre Freiheit.

Und es war tatsächlich schöner als das Leben auf dem Bauernhof. Es war zwar gefährlicher und auch etwas anstrengender, aber das war es ihr wert.

Ab und zu flog sie zu diesem Bauernhof und schaute aus sicherer Entfernung zu dem netten kleinen Mann herab.

Wenn er sie sah, winkte er ihr zu und lachte. Das machte sie glücklich. Sie wollte ihm nicht wehtun, damals, als sie wegflog.

Aber dieses Leben kam für sie nicht mehr in Frage. Sie genoß diese kurzen Momente, freute sich aber noch mehr, wenn sie wieder an dem kleinen See war, bei ihren Freunden, den anderen Enten.

Wenn man es genau betrachtete, war sie schon etwas merkwürdig. Sie war anders als die anderen Enten, das wusste sie genau.

Aber es machte ihr nichts aus. Sie lebte sehr gut damit.

Manchmal dachte sie, es gäbe nichts schöneres, als anders als andere zu sein.

Dann schüttelte sie ihren Kopf, quakte einmal laut und schwamm zur Ansammlung der Enten auf den See hinaus. Wenn sie in der Mitte ihrer Freunde war, fühlte sie sich mehr wie ein Teil der Allgemeinheit und vergaß ihre Andersartigkeit. Für Flausen im Kopf hatte sie nicht viel übrig.

Dort war sie eine Ente wie alle anderen auch. Trotz des weißen Gefieders.

Mit den Kameraden wurde geschnattert, um die Wette geschwommen und nach Futter gesucht.

Das Leben war einfach, aber schön.

So lebte sie in den Tag hinein und war – das wusste

sie ganz genau – die glücklichste Ente der Welt.

Kapitel 2

Diesen Herbst aber war etwas anders. Sie hatte noch nie darauf geachtet, aber in diesem Herbst nahm sie das erste Mal bewusst wahr, wie die anderen Erpel auf dem Wasser tanzten. Die männlichen Enten lösten sich regelmäßig von der Gruppe und begannen mit einem kompliziert anmutenden Ritual. Die Weibchen sammelten sich dann in einiger Entfernung und beobachteten die Erpel.

Ohne es zu merken, begann sich die kleine weiße Ente für einen der Erpel zu interessieren. Er tanzte so hingebungsvoll und wunderschön, das musste ihr einfach ins Auge fallen.

Sie fand ihn definitiv sehr interessant. Auch sein leuchtend gelber Schnabel gefiel ihr. Prachtvoll war er!

Ihre Augen ruhten nur auf ihm, wenn die Erpel tanzten. Ihm, und ihm allein, gehörte ihr Herz. Es klopfte laut in ihrer Brust und sie sah sich ab und an um, ob es einer anderen Ente auffallen würde.

Aber das schien nicht der Fall zu sein.

War sie auch hier anders als die anderen Enten? Sie wusste es nicht.

Den anderen Enten ging es natürlich ähnlich, denn der Tanz auf dem Wasser war nichts anderes als das Balzritual der Erpel, die eine besonders schöne Ente für sich erobern wollten. Und nicht nur einer der Erpel hatte in seinem Inneren ein besonderes Interesse an der Ente mit dem weißen Gefieder, nein, da gab es mehrere. Aber auch der Erpel mit dem leuchtend gelben Schnabel tanzte nur für sie, in der

Hoffnung, dass seine Erwählte es bemerken und sich für ihn entscheiden würde.

So verging einige zeit und schließlich merkten die beiden ihre verstohlenen Blicke.

Der Erpel traute sich daraufhin etwas mehr zu und tanzte aufreizend immer näher zu der kleinen weißen Ente hin.

Andere Enten schwammen daraufhin etwas näher zusammen, aber die Angebetete tat nichts dergleichen. Sie trat weiter ruhig das Wasser und hielt so ihre Position.

Der Erpel konnte sein Glück kaum fassen. Konnte es wirklich sein, dass seine Gefühle erwidert wurden? Konnte es sein, dass er seine Braut gefunden hatte? Noch etwas näher tanzte er. Näher. Noch näher. Schließlich war er auf Schwingenweite an sie heran getänzelt und präsentierte sich von seiner prachtvollsten Seite. Der Erpel breitete seine mächtigen Schwingen weit aus und schnatterte mit dem leuchtend gelben Schnabel, den die kleine weiße Ente so liebte.

Schüchtern senkte sie den Blick und schaute aus den kleinen schwarzen, fast perlengleichen Augen zu ihm herauf.

Langsam faltete der Erpel seine Schwingen zusammen und kam direkt vor der Ente zur Ruhe. Ruhig sah er sie an und beide wussten, dass sie gefunden hatten, was sie bewusst gar nicht gesucht hatten: Eine Liebe.

Langsam schwammen sie gemeinsam eine Runde auf dem See. Andere Erpel warfen dem Paar fast schon etwas neidisch kleine Seitenblicke zu, aber sie ließen sich in der Balz nicht stören. Vielleicht würde sich ja eine andere Entendame ihres Herzens erwärmen.

Die kleine weiße Ente dachte, ihr würde das Herz in ihrer Brust zerspringen, sie ahnte jedoch nicht, dass es dem Erpel, der neben ihr schwamm, genauso ging. Der Nachmittag verging schnell. Viel zu schnell, wenn man die Entendame fragte. Sie schnatterte glücklich mit ihrem Gemahl um die Wette und noch nie war ein Tag für sie so wunderschön gewesen.

Sie neckten sich gegenseitig, in dem sie am Gefieder des jeweils anderen zupften und spritzten sich gegenseitig etwas mit Wasser nass.

Dann wurde es dunkel. So sehr sich die Ente ein Wiedersehen mit ihrem Erpel auch wünschte, sie wusste, sie musste sich nun in ihr Nest begeben und dort zur Nachtruhe kommen.

Sie schnatterte ihrem Partner noch etwas zu, dann drehte sie ab. Als sie sich umsah, stellte sie fest, dass der Erpel ihr folgte. Ruhig schwamm er hinter ihr her und schaute sie neugierig an. Sie wehrte sich nicht dagegen und schwamm etwas langsamer, sodass er zu ihr aufschließen konnte.

Gemeinsam kamen sie bei ihrem Nest an und legten verliebt die Schnäbel aneinander.

Der Platz war zwar eng, aber es ging. Für sie beide reichte es gerade eben so. Und wenn sie ehrlich war, genoss sie die Nähe des Erpels. Sie schmiegten sich aneinander und bald schon schliefen sie ein.

Kapitel 3

 In der Folgezeit sah man die beiden Enten nur gemeinsam und niemals getrennt. Selbst zu ihrem alten Zuhause nahm sie den Erpel mit. Der Mann schien sich aufrichtig zu freuen, als er das Entenpaar sah und fütterte sie ab und zu sogar. Die kleine weiße Ente war überwältigt. So schön konnte das Leben sein. Es dauerte nicht allzu lange, da begann sie damit, ein Nest zu bauen.

Der Platz war der übliche, aber sie begann damit, es auszubauen. Es wurde etwas größer und sie legte es schön aus. Sie sammelte nur die schönsten Halme für das Nest, die hübschesten Zweige und das geeignetste Laub. Die Ente zupfte sich sogar ihre schönsten weißen Brustfedern heraus, um damit das Nest auszupolstern. Es war ein wundervolles Nest, einladend und weich.

Als das alles zu ihrer Zufriedenheit war, setzte sie sich auf das Nest und begann zu brüten.

Der Erpel war sehr um sie besorgt. Er blieb stets in ihrer Nähe und achtete sorgfältig auf seine Herzensdame.

Er kümmerte sich auch darum, dass ihr an nichts mangelte. Er sorgte für Futter und Sicherheit, als gäbe es nichts anderes für ihn in diesem Leben.

Es dauerte mehr als 25 Tage und Nächte, doch dann begann es unter der kleinen weißen Ente leise zu knacken. Unbemerkt vom Erpel hatte sie 11 Eier gelegt. Und nun waren sie bereit, zu schlüpfen. Das Wunder des Schlüpfens dauerte noch einmal einige Stunden. Schließlich verließ sie das Nest zum ersten Mal nach so vielen Tagen und stellte sich an die Seite ihres Gemahls. Gemeinsam sahen sie in das Nest und bestaunten 11 kleine Wesen, die fröhlich vor sich hin piepsten.

Eines der kleinen Wesen war weiß, genau wie seine Mutter. Es war ein Erpel und er hatte noch etwas anderes von seiner Mutter geerbt, von dem er bis jetzt aber noch nicht wusste: Die Sehnsucht nach der Ferne.

Bereits am ersten Tag verließen die kleinen Enten das Nest und begannen damit, im See zu schwimmen. Die kleine weiße Ente und der Erpel halfen ihren Entenkindern dabei, nach Nahrung zu suchen.

Für so kleine Wesen waren die 11 Küken erstaunlich selbstständig. Insekten und Wasserlarven mochte die kleine Gruppe dabei am liebsten.

Jetzt bestand die Aufgabe der beiden Enteneltern natürlich im großziehen der fröhlichen Meute. Selbst dem kleinen Mann auf dem Bauernhof fiel das Ausbleiben der Ente auf, aber er dachte sich nichts dabei. Er wusste ja, Enten brüteten um diese Zeit.

Nach ungefähr sechs Wochen waren sie schon ziemlich gewachsen und der weiße Erpel überragte seine Mutter bereits. Seine Mutter und er stachen farblich weithin aus den anderen Enten heraus.

Aber da sie nur Enten waren, war es ihnen egal.

Ente und Erpel brachten ihren Küken nun das Fliegen bei. Es war für die Kleinen schwer und nicht leicht zu lernen, aber der Ehrgeiz war da und bald schon sah man sie über den See fliegen.

Auch zu dem Bauern flog die Entenfamilie gemeinsam und der Mann lachte fröhlich, als er die Gruppe sah.

„Na, da hast du Freiheit gesucht und kommst doch immer wieder her", brummte er und streichelte der kleinen weißen Ente zärtlich über den Kopf.

Besonders fiel ihm natürlich der weiße Erpel auf. Er war groß für sein Alter und der Mann schätzte, dass er auch noch ein gutes Stück wachsen würde.

Es sollte nicht mehr lange dauern, da würden die Enten sich eigene Nester suchen, vielleicht sogar einen ganz eigenen See.

Kapitel 4

Der Bauer sollte recht behalten. Die Entenfamilie trennte sich bald darauf. Als der Tag kam, war die kleine weiße Ente tatsächlich etwas traurig, auch eines der Gefühle, die sie vorher nicht kannte. Aber sie wusste instinktiv, dass so der Lauf der Welt war. Ihr Erpel blieb an ihrer Seite, als ihre Kinder losflogen. Sie sah ihre Kinder wieder, denn alle blieben ausnahmslos am See.

Fast.

Eine Ausnahme gab es dann doch.

Der weiße Erpel verspürte dieselbe Sehnsucht, wie damals seine Mutter. Er wollte die Welt sehen. Er wollte unbedingt etwas erleben.

Also flog er mit seinen Brüdern und Schwestern hinaus auf den See. Bald schon landeten seine Geschwister und suchten sich ihre Plätze, doch er flog weiter, immer weiter geradeaus.

Es zog ihn immer weiter hinaus, und er verspürte auch gar keinen Grund, sesshaft zu werden.

In den nächsten Wochen und Monaten wuchs er noch ein gehöriges Stück und wurde eindrucksvoll groß.

Er wurde wahrhaft zu einem prachtvollen Erpel. Sein Gefieder war weiß, wie das seiner Mutter. So weiß wie die Wolken auf Kanthorus.

Er war jung und stark und wollte die Welt erkunden. Der Erpel genoss die Freiheit und den Wind unter seinen Flügeln, als er sie ruhig und kräftig auf und ab bewegte und über die Landschaft von Kanthorus glitt. Aber trotz seiner Jugend brauchte auch ein

Erpel wie er abends seine Ruhepause. Er wäre so gern auch die Nacht durch geflogen, aber das würde er nicht schaffen. Also hielt er aus der Luft nach einem schönen und sicheren Platz Ausschau, an dem er schlafen und sich erholen konnte.

Er schnatterte, als er den Platz gefunden hatte.

Er flog über einen kleinen See und setzte zur Landung an. Mit wild schlagenden Flügeln landete er mitten auf dem See und sah sich majestätisch um, während er sanft über die kleinen Wellen glitt. Dort am Ufer schien der passende Platz für ihn zu sein. Freudig blinzelte er ein paarmal mit seinen Augen und schwamm darauf zu.

Dieser Ort hätte fast schon ein Nest sein können, und wäre er nicht so rastlos gewesen, hätte der Erpel sich dort seine Heimat aufbauen können. Aber er wollte unbedingt die Welt sehen. Dort draußen war noch so viel Spannendes, was ihn erwartete!

Er bettete seinen Körper auf die Grashalme und schlief fast sofort ein. Normalerweise beherrschen

Enten einen erstaunlichen Trick: Sie schlafen mit einem Auge, während das andere Wache hält. Ebenso ruht nur eine Gehirnhälfte.

Der Enterich war allerdings von dem langen Flug so erschöpft, dass er beide Augen schloss, um sich zu erholen.

Im Schlaf schnatterte er leise und träumte davon, die entlegensten Winkel von Kanthorus zu bereisen.

Sein weißes Gefieder war prächtig anzuschauen, aber es war auch gefährlich. Mit weißen Federn ist man nicht besonders gut getarnt in der Natur.

Auch der Enterich war ziemlich deutlich zu sehen, auch wenn er sich dessen nicht bewusst war.

Ein in der Nähe vorbei schleichender Fuchs jedoch nahm den Geruch des Erpel wahr, und als er der Fährte etwas länger gefolgt war, sah er auch das weiße Gefieder.

Der Fuchs freute sich. Durch einen dummen Zufall war er heute nicht besonders erfolgreich gewesen, und da kam ihm so eine schlafende – und gewiss auch schmackhafte – Mahlzeit nur allzu recht.

Kapitel 5

Der Fuchs schlich sich leise an seine ahnungslose Beute heran.

Der Erpel schmatzte ab und an im Schlaf und schien seinen natürlichen Feind nicht zu bemerken.

Doch der Fuchs wurde etwas zu nervös, da er so lange nichts mehr gefressen hatte. Er machte eine unbedachte Bewegung und dadurch entstand ein Geräusch. Es war nicht allzu laut, aber doch laut genug.

Der Fuchs sah, wie die Ente ihre Augen öffnete und sich schnell umschaute.

Ihm blieb keine Zeit zu überlegen. Er musste angreifen, ehe der Erpel abhob und ihn hungrig am Boden zurückließ.

Mit einem gewaltigen Satz sprang er auf den Erpel zu, und erwischte seine Mahlzeit an einem Flügel.

Der Erpel war geschockt. Mit einem Angriff hatte er nicht gerechnet. Er schlug wild mit den Flügeln, um zu entwischen, aber der Fuchs ließ nicht los.

Aus seinen kleinen schwarzen Augen sah der Enterich zum Fuchs und eine eiskalte Hand umkrallte sein Herz. Das war einer der Feinde, vor dem ihn seine Entenmutter immer gewarnt hatte.

Er wusste, er war unvorsichtig, als er sich zum schlafen legte.

War das der letzte Fehler seines Lebens? So schnell? Er hatte doch noch gar nichts von der Welt gesehen!

Der Erpel hatte Todesangst und obwohl Flucht der antrainierte Reflex war, blieb ihm nun nichts anderes übrig, als zu kämpfen.

Der Fuchs biss immer noch in den weißen Flügel der

abendlichen Mahlzeit, die sich jedoch noch nicht geschlagen geben wollte.

Dem Enterich fiel nur eine Lösung ein. Mit seinem starken Schnabel hieb er auf den Kopf des Fuchses ein. Immer und immer wieder sauste der Schnabel der Ente auf den Fuchs nieder, der trotz aller Schmerzen aber nicht loslassen wollte.

Durch puren Zufall – oder war es Glück? – traf ein er der Schnabelhiebe ein Auge des Fuchses. Der getroffene Jäger jaulte auf, wozu er das Maul aufsperren musste. In diesem Bruchteil einer Sekunde zog die Ente den Flügel aus dem Maul des Angreifers und flatterte aufgeschreckt. Noch einmal hieb der Erpel mit dem Schnabel zu, dann drehte er sich um und flüchtete. Mit schnellen und starken Flügelschlägen erhob er sich in die Luft. Nur einmal noch drehte er sich um, und sah auf seinen Peiniger herab. Dort unten stand der Fuchs und sah der Ente aus einem Auge nach. Das andere hatte er geschlossen. In seinem Maul befanden sich noch ein paar weiße Federn, und der Erpel schaute während des Fluges auf sein Gefieder.

An der Stelle, an der der Fuchs ihn getroffen hatte, mischte sich etwas Rot unter das saubere und helle Weiß des Gefieders.

Nach und nach begann dieser Flügel auch zu schmerzen, aber der Enterich wollte erst ein sicheres Nest finden.

Schließlich entschloss er sich dazu, auf dem starken Ast eines Baumes zu landen. Das war nicht wirklich leicht, aber nach ein paar Versuchen schaffte er es.

Langsam und erschöpft, zitternd vor Furcht und Adrenalin schleppte er sich zu dem Stamm und ließ sich an der windgeschützten Seite nieder.

Dort spreizte er den verletzten Flügel und atmete etwas auf: Der Flügel war offensichtlich verletzt und einige Federn fehlten, aber er sollte sich wieder erholen. Der Erpel war zuversichtlich, dass er bereits am nächsten Tag weiterfliegen können würde. Und er nahm sich vor, diesen Fehler nicht zu wiederholen.

Die Erziehung seiner Entenmutter sollte nicht vergebens gewesen sein.

Kapitel 6

 In den nächsten Tagen flog der junge Erpel dann doch nicht weiter. Sein Instinkt riet ihm dazu, erst den Flügel etwas auszuruhen. Da er aber neugierig war, hielt es ihn natürlich trotzdem nicht an einem Platz. Da er nicht fliegen wollte, watschelte er halt durch den Wald, vorsichtig und stets auf seine Sicherheit bedacht. In einem, Wald war er noch nie, also war alles, was er sah, roch und fühlte ungeheuer spannend. Sobald er größere Tiere oder Menschen hörte, versteckte er sich und beobachtete sie aus sicherer Entfernung. Sorgsam kümmerte er sich um seine Wunde und sein

Gefieder und bald erstrahlte es wieder so prächtig wie zuvor.

Er nahm sich vor, bald weiter zu fliegen, doch diesen letzten Tag wollte er im Wald genießen.

Langsam watschelte der Enterich also in eine Richtung, die er bis jetzt noch nicht erkundet hatte. Er hatte sie bis jetzt vermieden, denn an dieser Stelle war der Wald düsterer und irgendwie auch etwas unheimlicher.

Um sich zu beruhigen, schnatterte die weiße Ente leise vor sich hin. Ob es Trotz oder Mut war, wusste er selber nicht. Aber seine Füße trugen ihn tiefer und tiefer in den Wald hinein.

Plötzlich weitete der Wald sich etwas und gab eine Lichtung frei. Am Rande der kleinen Lichtung stand ein altes und verlassenes Haus. Es war in keinem sehr guten Zustand. Ein paar der Fensterläden hingen nur noch an einer der Angel und die Tür war so windschief, dass eine Lücke zwischen Tür und Haus entstanden war, durch die sicherlich auch eine

Ente passen würde.

Das Dach war voller Moos und an ein, zwei Stellen war es etwas eingefallen.

Aber für den Erpel wirkte das Haus wie ein Geschenk des Himmels. In diesem Haus würde er seine Nacht verbringen. Es lud ihn regelrecht zum Verweilen ein.

Langsam watschelte er um das Haus herum und sah es sich ganz genau an. Hier war schon lange kein Mensch mehr gewesen und er roch auch keine anderen Fressfeinde in der Nähe.

Nachdem er das Haus einmal umkreist hatte, näherte er sich vorsichtig der Tür. Er hatte Recht gehabt! Die Spalte war groß genug, um ihn hindurch zu lassen.

Das Haus war einigermaßen hell von innen, das lag sicherlich auch an den defekten Fensterläden.

Und – das war das Wichtigste für den Enterich – es schien tatsächlich verlassen zu sein. Es befanden sich zwar noch Möbel im Haus, aber die waren vermodert und wurden schon lange nicht mehr benutzt. Eine Leiter führte auf den Dachboden. Da Enten bekanntlich keine Leitern erklimmen können, nutzte der Erpel die Gelegenheit und testete seine Flügel. Auf dem Dachboden angelangt, legte er die Flügel zufrieden an den Körper an. Das Fliegen ging gut und schmerzfrei. Zufrieden quakte er kurz auf. Dann watschelte er über den Boden und freute sich, als er eine alte Decke auf dem Boden fand, die sehr bequem aussah.

Er nahm sie genau in Augenschein und drückte sich dann mit seinem Körper eine Liegemulde hinein. Hätten Enten die Fähigkeit gehabt zu lächeln, hätte er es wohl getan.

Durch eines der Löcher im Dache hatte er einen guten Ausblick auf den Wald. Trotzdem lag seine Decke so, dass sie vor dem Wind geschützt war. Hier gefiel es ihm!

Er beschloss, nicht zurück zu seinem Baum zu gehen, denn das Haus war doch viel schöner. Er hatte zwar Hunger, aber der Enterich war auch müde. Also legte

er seinen Kopf ab und es dauerte nicht mehr lange,
da schlief er ein.

Kapitel 7

In den folgenden Tagen blieb die Ente dort, wo sie war. Im Moment sah sie keinen Grund zur Weiterreise, und es gab auch so unheimlich viel Spannendes zu entdecken. In der Nähe des Hauses befand sich ein kleiner Tümpel mit ausreichend Nahrung und frischem Wasser. Langsam kam der Vogel zur Ruhe und sogar den Ruf der Ferne vernahm er bald nur noch selten. Sollte er nun doch ein zuhause gefunden haben, wo er bleiben wollte? Es sah fast danach aus.

Doch wie meist im Leben, war diese Ruhe trügerisch. Irgendwann, ein paar Tage später, schreckte der Erpel des Nachts hoch. Er vernahm ein Geräusch, welches er nie zuvor gehört hatte. Schnell watschelte er leise nach vorne an den Rand des Dachbodens und sah hinab in das Erdgeschoss des kleinen Hauses.

Die Tür bewegte sich, und das war sicherlich nicht der Wind.

Irgendjemand rüttelte an der Tür, aber die war so verzogen, dass sie sich nicht öffnen ließ. Die Ente hörte jemanden in der Sprache der Menschen fluchen. Zweimal noch wurde gegen die Tür geschlagen, dann wurde es kurz ruhig, ehe jemand mit voller Wucht gegen die Tür zu rennen schien.

Die Tür hielt den Druck nicht aus und krachte in sich zusammen.

Durch den Schwung rannte ein Thol in das Zimmer und verlor sein Gleichgewicht. Laut fiel er gegen einen der halbvermoderten Sessel. Dann lachte er.

„Na, geht doch!", brummte er und erhob sich.

Während er noch damit beschäftigt war, seine Kleidung etwas zu säubern, betrat ein grobschlächtig wirkender Granitianer in das Haus.

Über seine breiten Schultern hatte er ein kleines und verschnürtes Päckchen gelegt.

Als das Päckchen begann, sich zu rühren und zu zappeln, erschreckte sich der Erpel. Das war also ein weiterer Mensch und nicht nur ein Paket.

Der Granitianer ließ den Menschen achtlos auf einen der Sessel fallen, woraufhin das Paket quietschte.

„Ach, halt dein blödes Maul!", nuschelte der Granitianer und lachte bösartig.

„Du wurdest doch den ganzen Weg getragen und musstest nicht einmal laufen!"

Der Thol lachte keckernd mit dem Granitianer.

„Was meinst du?", fragte er dann seinen riesenhaften Kumpan.

„Was ist der kleine Bengel wohl wert?"

Der Granitianer schaute nachdenklich zu dem immer noch verschnürten Jungen.

„Na ja, sein Vater ist einer der reichsten Kaufleute in Aritholka. Da dürfte schon einiges gehen. Vielleicht haben wir Glück, und können uns danach zur Ruhe setzen."

Der weiße Erpel beobachtete die Situation immer noch. Er verstand natürlich kein Wort von dem, was unten geredet wurde, aber er wunderte sich über das Paket. An der Stimmlage der beiden Personen erkannte er, dass sie nichts Gutes im Sinn hatten. Der Sinn der Worte blieb ihm verwehrt, doch der Ton war eindeutig.

Er legte den Kopf schief, als das Paket wieder quiekte.

„Ja, bei allen Seeteufeln, dann hol das Blag halt aus dem Sack heraus. Nicht, dass er uns noch erstickt", brummte der Granitianer missmutig.

Schnell kam der Thol dem Befehl nach.

Der Enterich sah nun, was in dem komischen Paket versteckt gewesen war. Ein Junge, vielleicht 10 Jahre alt, mit braunem Haar und frechen

Sommersprossen auf beiden Wangen. Seine Haare waren verschwitzt und auch das Gesicht wirkte nassfeucht. Der kleine Junge atmete schwer und sah seine beiden Entführer mit einer Mischung aus Wut und Angst an.

Kapitel 8

„Was soll das? Lasst mich sofort frei!"

Seine Stimme zitterte, als er das sagte, aber er versuchte, mutig dabei zu klingen.

„Sonst was?", höhnte der Thol und tätschelte dem Jungen verächtlich den Kopf.

„Verhaust du uns dann?"

Die beiden Schurken lachten und der Thol band den Sack, in dem der Junge sich befand mit einem Strick am Sessel fest. Dann ergriff der Granitianer wieder das Wort.

„Sei mal lieber ruhig, sonst stecken wir deinen Kopf wieder unter den Sack. Und zu Essen bekommst du dann auch nichts."

Der Junge warf den beiden noch einen wütenden Blick zu, schwieg aber dann.

„Na, geht doch", brummte der Riese und sah nachdenklich zur Tür.

„Hier können wir erst mal etwas bleiben."

Sein Freund nickte und klopfte sich auf den Bauch.

„Aber Hunger habe ich auch. Sollen wir etwas besorgen?"

„Aber sicher doch", grinste der Granitianer.

„Brot und Wein, das allerletzte Mal! Wenn wir den Jungen erst verkauft haben, holen wir uns nur noch das feinste vom Feinen!"

Die Verbrecher lachten und schlenderten langsam aus der Tür. Kurz bevor sie aus der Sicht des Jungen verschwanden, drehte sich der große Mann mit der grüngrauen Haut nochmals um.

„Du kannst gerne schreien. Das ist kein Problem,

wenn wir nicht hier sind. Niemand wird dich hören!"

„Niemand", wiederholte der Thol kichernd.

Die Schritte der beiden Männer auf dem moosigen Waldboden wurden leiser und waren schon kurz darauf gar nicht mehr zu hören.

Der Enterich starrte den Jungen an.

Dieser tat zunächst gar nichts, ehe er dann wie verrückt in seinem Sessel herum strampelte.

Als das keinen Erfolg zeitigte, begann er zu schreien, so laut er nur konnte.

Die Ente wich angstvoll zurück, da sie nicht einordnen konnte, ob dieser Schrei eine Gefahr für sie bedeutete.

Es dauerte nicht lange, da verklangen die Schreie und der Junge ließ sich erschöpft in den Sessel zurücksinken.

„Verdammt", murmelte er.

„Verdammt, verdammt, verdammt!"

Der Erpel, der sich während des Geschreis unter seiner Schlafdecke versteckt hatte, blickte vorsichtig unter der Decke hervor. Als er vermutete, dass keine Gefahr für ihn bestand, watschelte er aus seinem Versteck heraus und ging bis zum Rande des oberen Geschosses. Dann flatterte er zu dem Jungen herab, der sich fast zu Tode erschreckte.

„Wer da?", brüllte er vor Angst, eher er sah, wer da nun vor ihm landete.

„Ach so, nur eine Ente", kam es enttäuscht aus einem Munde.

Der Erpel sah ihn neugierig aus kleinen schwarzen Augen an.

Er wurde nicht schlau aus diesen merkwürdigen Tieren.

Leise schnatternd ging er um den Sessel herum. Er wusste, irgendetwas hier war nicht gut. Die anderen beiden mochte er jedenfalls nicht. Sie ängstigten ihn sogar etwas.

„Du kannst mir nicht helfen, oder?", fragte der Junge die Ente mit zittriger Stimme.

„Ach, was soll mir eine Ente schon helfen können.

Ich bin so unheimlich dumm. Dumm und verzweifelt!", schalt er sich selber.

Kapitel 9

 Die Ente war nun einmal um den Sessel herumgewatschelt und sah den Jungen wieder an.

„Oder kannst du mir doch helfen?"

Der weiße Erpel schnatterte.

„Ja, kannst du?"

Der Erpel ging wieder nach hinter und verschwand aus der Sicht des Jungen. Hinten sah die Ente den Knoten, der dafür sorgte, dass der Junge in seinem Sack nicht aus dem Sessel aufstehen konnte. Er begann an dem Knoten zu knabbern und zu reißen.

Der kleine Junge hörte das Knirschen und riss ungläubig die Augen auf. Würde die Ente ihn wirklich befreien?

Es dauerte nicht lange, da hatte die Ente wirklich das Seil durchgekaut und das Seil riss.

„Gute Ente, brave Ente!", feuerte der Junge das hilfreiche Tier an, nur um direkt darauf zu stutzen.

„Ich kann nicht glauben, was ich hier sage!"

Doch noch war er nicht frei. Er steckte immer noch in einem großen Sack, und auch ums einen Hals war eine Kordel gewunden, die er vom Inneren des Sackes her nicht öffnen konnte.

Ein kurzes Flattern und die Ente stand auf dem Brustkorb des Jungen, Auge in Auge. Keine 20 Zentimeter trennten die beiden nun.

Der Erpel schnatterte und begann damit, nun auch noch die Kordel des Sackes durchzubeißen.

Der Junge saß kopfschüttelnd in dem Sack und hoffte, dass die Ente fertig sein würde, bevor die Schurken zurück zur Hütte kamen.

Und tatsächlich!

Die Kordel fiel und nun konnte der Junge endlich aus dem Sack heraus schlüpfen.

Er sah den Erpel an, der zu seinen Füssen saß und umarmte ihn.

Der Erpel fand das äußerst merkwürdig, aber er ließ es mit sich geschehen.

„Danke, kleiner Freund!"

Der Junge rannte aus dem Haus und der Enterich schaute ihm nach.

Der Junge war schon ein Stück gerannt, eher er umdrehte.

„Komm", rief er und machte eine einladende Handbewegung.

Der weiße Erpel verstand das Wort nicht, aber der Ton und die Handbewegung waren eindeutig. Kurzentschlossen folgte er dem kleinen Jungen.

Enten sind sehr schnelle Flieger, tatsächlich bringen sie es auf über 100 km/h. Da die Beine des Jungen kurz waren, und er nicht sonderlich schnell rannte, watschelte die Ente, so gut es eben ging, neben ihm her. Ab und zu flog er ein kurzes Stück voraus und wartete, bis der Junge ihn wieder eingeholt hatte.

Dieses Prozedere wiederholten sie solange, bis sie am Ortseingang von Aritholka angelangt waren. Erst dann ging der Junge etwas langsamer. Die Schurken hatten sie bis jetzt noch nicht getroffen und der Junge hoffte, dass es auch so bliebe.

Vorsichtig ging das ungleiche Paar durch die Straßen, bis sie endlich an ihrem Ziel angelangt waren: dem Elternhaus des Jungen.

„Na, willst du mitkommen?"

Der Junge hielt dem Erpel das große Tor auf, als er das Grundstück betrat.

Der Erpel sah den Jungen kurz an und der Junge würde noch jahrelang behaupten, dass ihm die Ente in diesem Moment zugeblinzelt hatte.

Dann folgte er dem Jungen auf das Grundstück und das Kind schloss das Tor. Schnell eilten sie den Kiesweg hinauf, der das vornehme und große Haus mit dem Eingangstor verband.

Kapitel 10

Kurze Zeit später standen die Ente und der Junge im großen Wohnzimmer des Herrenhauses.

„Was erzählst du mir da für eine Räuberpistole?", staunte der Vater des Jungen, ein ehrfurchtgebietender Thol mittleren Alters.

„Die haben mich entführt! Das ist kein Witz, Papa. Und mein Freund hier hat mich gerettet?"

Die Mutter des kleinen Jungen saß blass und zitternd in einem der Sessel, die um den Wohnzimmertisch herum standen.

„Du willst mir also erzählen, dass man dich entführt und in den Wald geschleift hat? Und dann hat dich diese … diese … diese Ente hier gerettet?"

Der Thol starrte die Ente ungläubig an, die gerade damit beschäftigt war, ungerührt ihr Gefieder zu putzen.

„Sicher, dass du nicht bloß wieder ein Haustier haben möchtest? Dieses Mal vielleicht eine Ente, hm?"

Nun sprang die Frau auf und sah ihren Gatten wütend an.

„Das traust du unserem Jungen zu? Dass er so eine schreckliche Geschichte erfindet, nur um ein Haustier zu bekommen?"

Der Mann sah betroffen zu seiner Frau.

„Nein, Schatz, so war das ja gar nicht gemeint. Aber du musst schon zugeben, dass diese Geschichte fast unglaublich klingt!"

Die Ehefrau warf ihrem Mann noch einen scharfen Blick zu, dann ging sie zu ihrem Sohn und kniete sich vor ihm hin, um ihm direkt in die Augen blicken zu können.

„Ist das wirklich wahr? Ist dir das wirklich passiert, Liebes?"

Der Sohn nickte energisch.

„Ja, Mama. Alles ist genau so passiert, wie ich es gesagt habe! Dieser Ente schulde ich mein Leben!"

Die Frau strich im zärtlich über den Kopf und erhob sich. Sie schaute ihren Mann mit fester Miene an.

„Dann müsst ihr jetzt zur Polizei, ihr beiden."

Der Mann wagte es nicht, seiner Frau zu widersprechen, auch wenn er seinem Sohn nicht so ganz glaubte. Er würde bestimmt nicht absichtlich lügen, aber er wusste aus eigener Erfahrung noch sehr genau, wie mächtig die Fantasie sein konnte in diesem Alter.

„Ja, du hast recht. Wir gehen zur Polizei. Ich hole nur schnell meinen Hut und meinen Stock."

Er nickte seinem Sohn zu und ging in die Eingangshalle. Sein Sohn – und auch die Ente –

folgte ihm auf den Fuß.

Während er mit seinem Sohn durch die Straßen ging, ließ er sich die Geschichte noch mal ganz genau erzählen. Er hatte einen gewissen Ruf in Aritholka und den wollte er nicht aufgrund blühender Fantastereien seines Sohnes riskieren.

Der Erpel watschelte den beiden hinterher und sah mal in die eine und dann in die andere Richtung.

Um zur Polizei zu gelangen, mussten sie durch das Tavernen-Viertel gehen.

Es war nicht mehr allzu weit bis zur Polizei Station. Bei einer der letzten Tavernen, die sie passieren mussten, öffnete sich die Tür und zwei Gestalten schoben sich leicht wankend auf die Straße. Es waren ein Granitianer und ein Thol und der Junge erkannte seine Peiniger sofort.

Doch ehe er seinem Vater etwas sagen konnte, erhob sich der Erpel in die Luft und flog mit starken schnellen Flügelbewegungen auf die beiden Männer zu. Dabei schnatterte er wie wild. Die angetrunkenen Männer sahen sich um und sahen einen scheinbar wildgewordenen Vogel auf sich zufliegen.

Kapitel 11

 Die Ente setzte zum ersten Sturzflug an und die beiden betrunkenen Männer ließen sich auf den Boden fallen. Im Vorbeiflug biss der Erpel dem Thol in dem zur Abwehr erhobenen Arm.

Der Junge jubelte dem Enterich zu. Sein Vater war zur Salzsäule erstarrt und verstand gar nicht, was da vorging.

„Papa, Papa, das sind die Schufte!", brüllte das Kind seinem Vater zu und riss wild am Ärmel des Thol.

Der Mann starrte immer noch zu den beiden

Männern herüber, die wieder und wieder vor den Angriffen des Erpels flohen. Die Ente ließ sich nicht beirren und sauste immer wieder auf seine Opfer herab. Er traf sie mit seinen Flügeln und auch sein Schnabel richtete einigen Schaden an. Die Unterarme beider Männer bluteten aus vielen kleinen Wunden, während sie damit beschäftigt waren, ihr Gesicht und ihre Augen zu schützen.

Mittlerweile hatte sich eine Traube um die beiden Verbrecher gescharrt, die sich ungläubig den eigentlich unfairen Kampf anschauten.

Durch den Lärm wurden auch einige der Soldaten aufmerksam, die der örtlichen Polizei angehörten.

Sie drängten sich durch die Menge und hieben mit ihren Schlagstöcken in Richtung der Ente.

„Nein, nein", brüllte der Junge.

„Nicht die Ente. Die beiden Männer sind die Schurken!"

Die Soldaten hielten inne. Nun ließ auch der Erpel von den beiden Männern ab und landete elegant neben dem Kind. Er fing sofort an, sich sein Gefieder zu putzen, als wäre rein gar nichts Besonderes vorgefallen.

„Was soll das heißen?", fragte der eine Soldat den Jungen, während der andere sich zu den beiden Verbrechern stellte.

„Nun, mein Sohn wurde entführt. Wir waren gerade auf dem Weg zur Polizei, um das anzuzeigen, als diese beiden Männer unseren Weg kreuzten. Mein Sohn hat sie zweifelsfrei erkannt und… „

„Und?", hakte der Soldat nach.

„Die Ente hat sie scheinbar auch erkannt und daraufhin angegriffen", nuschelte der Thol und lief dabei rot an.

„Die Ente?", fragte der Soldat mit einem etwas dümmlichen Gesichtsausdruck.

„Genau, die Ente!"

Der Thol trat die Flucht nach vorne an und straffte seine Schultern.

„Was hat denn die Ente damit zu tun?"

„Sie hat mich befreit, als ich im Wald von diesen beiden Kerlen in einer Hütte gefangen gehalten wurde!", rief der kleine Junge.

Den beiden Schuften wurde klar, was ihnen blühte und sie wandten sich zum gehen.

„Aber, aber", höhnte der andere Soldat, der hinter den beiden stand.

„Wo wollen die Herrschaften denn hin?"

Die Schurken sahen sich an und ließen die Schultern sinken. Sie wussten, sie hatten verloren.

Den Rest des Tages verbrachte der Vater mit seinem Sohn und der Ente auf dem Revier.

Sie erklärten das ganze Geschehen und die Ente bekam frisches Wasser und zur Belohnung etwas trockenes Brot.

Schließlich war alles aufgenommen und die beiden Verbrecher befanden sich hinter Schloss und Riegel.

Vater, Sohn und Ente gingen wieder nach Hause und der Sohn erzählte seiner Mutter mit vor Aufregung glühenden Wangen, wie der Enterich die beiden

Schurken dingfest gemacht hatte.

Kapitel 12

 In dieser Nacht schlief der Erpel bei dem kleinen Jungen im Zimmer und genoss die besondere Aufmerksamkeit, die ihm zuteilwurde. Noch nie hatte er ein so weiches Bett gehabt und so viel zu essen. Er schlief tief und fühlte sich sehr, sehr wohl.

Am nächsten Morgen erlaubte die Eltern des Jungen ihm, die Ente als Haustier zu halten.

Zunächst blieb der Erpel auch und die beiden wurden gute Freunde. Doch irgendwann verspürte die weiße Ente wieder diese unbestimmte Sehnsucht, unbekannte Gefilde zu entdecken.

Er watschelte zu dem Jungen und legte den Kopf schief. Ob es der Blick des Erpels wahr oder der Instinkt des Jungen war egal. Jedenfalls wusste der Junge sofort, was nun passieren würde.

Er hatte Tränen in den Augen, aber wollte die weiße Ente auch nicht einsperren oder aufhalten. Er umarmte seinen Freund und sah ihn noch einmal an.

„Ich hab dich lieb, mein Kleiner", schluchzte er.

„Ich werde dich niemals vergessen und du wirst hier immer ein Zuhause haben! Pass auf dich auf!"

Er ließ den Enterich los und versuchte zu lächeln. Die Ente quakte noch einmal, dann drehte sie sich um und erhob sich mit starken Flügelschlägen in den Himmel.

Der Erpel flog unschlüssig durch die Gegend und war sich nicht sicher, wohin es gehen sollte. Schließlich führte sein Instinkt ihn zum Hafen. Er witterte dort Fisch und er sollte recht behalten. Er stibitzte sich etwas von einem kleinen Kutter, der den Namen *Warmherz* trug.

Als es Abend wurde, wusste er immer noch nicht so recht, wohin er wollte.

Aber sein gemütliches Bett, das vermisste er. Andererseits wollte die Ente auch nicht wieder zurück zu dem Jungen.

Also watschelte er unschlüssig auf den Kais herum.

Seine kleinen Füße trugen ihn zu dem größten Schiff im Hafen. Dort herrschte reger Betrieb, denn es wurde gerade entladen.

Die *Soleil Royal* glich einem Ameisenhaufen. Die Frachtarbeiter hatten allerhand zu tun, und auch die restliche Besatzung war beschäftigt.

Niemand bekam mit, wie die kleine weiße Ente an Thol, Granitianer, Halma und Parda Vorbeiwatschelte, als wäre sie ein Teil der Mannschaft des riesigen Handelsschiffes. Selbst an Feyonor Kardona, dem Kapitän der *Soleil Royal*, ging er vorbei, maximal einen Meter entfernt. Er schnatterte sogar etwas, aber der Kapitän hörte es nicht.

Langsam watschelte er zum Achterdeck und fand dort eine offene Tür. Es war die Kabine des Kapitäns, aber das wusste der Erpel natürlich nicht.

Freudig quakte er, als er das gemachte Bett des Kapitäns sah.

Schnell durchquerte er das Zimmer und legte sich auf das Kopfkissen des Mannes, der hier sonst wohnte.

Er drehte sich ein paar Mal links herum und dann ein rechts herum.

Nein, das war dem Enterich zu unbequem. Vielleicht war er auch etwas verwöhnt, nach seinem eigenen kleinen feudalen Bettchen im Zimmer des Jungen.

Er zupfte ehrgeizig am Kissen herum, brachte es aber in keine gescheite Form für ihn. Missmutig vor sich hin schnatternd verließ er die Kajüte und ließ sich durch eine der Ladeluken in die Ladeluken fallen.

Als Kardona abends in seine Kabine ging, fiel ihm das durcheinander gewühlte Kissen auf und er runzelte die Stirn.

Hatte er vergessen, das Bett zu machen? Das passierte ihm eigentlich nie, immerhin war er früher ein Soldat und legte auf so etwas großen Wert. Mit einem Achselzucken tat er es schließlich ab. Es würde ja kaum der Klabautermann gewesen sein.

Kapitel 13

Die Laderäume waren fast leer, aber nicht komplett. Viele Frachtarbeiter kreuzten die Wege des Erpels, aber sie bemerkten ihn immer noch nicht und das war ihm ganz recht. Irgendwann fand er eine schöne Ecke, wie für ihn gemacht. Ein paar alte Säcke befanden sich dort, auf denen man gut liegen konnte. Auch Wasser war in der Nähe. Er zupfte sich die Säcke zurecht. Testhalber legte er sich darauf. Doch, das ging. Es war auf jeden Fall bequemer als das komische Kissen in der Kajüte!

Er legte sich auf die Säcke und schloss die Augen.

Als er wieder aufwachte, schaukelte das Schiff. Der Erpel war irritiert und flog aus dem Laderaum heraus und setzte sich auf die Reling. Egal wohin er blickte, er sah nur Wasser. Sicher, er war eine Ente, aber das war wirklich viel Wasser! Er musste also an Bord bleiben und hoffen, dass das Schiff bald wieder in der Nähe des Landes sein würde.

Nahrung und Wasser hatte er ja, und so fügte sich die Ente in ihr Schicksal.

Er wusste natürlich nicht, dass Seeleute sehr abergläubisch waren und immer wenn sie ihn hörten, vermuteten, es wäre der Klabautermann.

Jeden Tag wurde es etwas ruhiger im Frachtraum, denn wer diesen Raum vermeiden konnte, der vermied ihn. Schließlich kam niemand mehr in den Raum.

Der Ente war das nur recht. Das Schiff schaukelte immer noch durch die Wellen und sie wartete weiterhin auf ihre Gelegenheit, aus dem Bauch des

Schiffes wieder an Land zu kommen.

Ein paar Tage später, hörte sie, wie die Ladeluke geöffnet wurde und Leute herunter stiegen. Es mussten zwei Leute sein. Der Enterich hörte sehr schwere und fast lautlose Schritte.

Er beobachtete die unbekannten Personen aus einem Versteck heraus. Als die beiden Personen eine Handlaterne entzündeten, konnte er sie sehen. Es war eine kleine Frau, eine Parda mit violettrotem und sehr langem Haar. Sie hatte ein Metallgestell über ihren Augen, aber der Erpel wusste nicht, wofür das gut sein sollte. Die andere Person war ein wuchtiger Mann, ein Granitianer. Bestimmt noch größer als der, der damals den kleinen Jungen entführt hatte. Er schnatterte leise und wartete weiter ab.

Die Parda ging voran und sie wirkte nicht sehr begeistert. Trotzdem hatte der Erpel sie schon auf den ersten Blick gemocht. Sie wirkte nett. Der Mann hinter ihr, drängelte sie scheinbar und der Erpel war sich unsicher, ob er den großen grünen Mann angreifen sollte. Vorerst wartete er noch ab.

„Abstand!", zischte die kleine Frau und rammte ihrem Begleiter den Ellenbogen in den Magen.

Nur sehr langsam kam das ungleiche Paar voran. Jede dunkle Ecke, die die Laterne nicht erhellte, wurde sehr sorgfältig in Augenschein genommen, doch den Erpel entdeckten sie nicht. Er wich geschickt zurück und blieb in den Schatten.

Die Ohren der Parda zuckten mal hierhin, mal dorthin, immer auf der Suche nach einem verdächtigen Geräusch. Ihr Stert war, wie um sich selbst zu beruhigen, um die schlanke Taille gewickelt. Die Stertspitze allerdings zitterte wie Espenlaub und verriet so die Gefühlslage der kleinen Besitzerin.

Granitianer hatten leider weder den Vorteil der besonders guten Augen noch den der scharfen Ohren, und so orientierte Byrt sich weiterhin hauptsächlich an der Frau vor ihm. Wieder und wieder musste

Freya sich mit den Ellenbogen etwas Platz verschaffen. Auf einmal hielt sie inne und Byrt lief voll auf sie auf. Freya hatte etwas gehört!

„Pscht!"

Wieder machte der Magen des Granitianers Bekanntschaft mit dem Ellenbogen der kleinen Frau.

„Da war doch was?"

„Was? Wo?"

Byrt hatte nichts gehört und schwenkte nun wild die Laterne, um alle Richtungen abzudecken. Allerdings sah man dadurch nun gar nichts mehr richtig.

„Da! Von da hinten kommt es!"

Freya deutete in die Schwärze des Raumes. Byrt schluckte schwer. Langsam tastete sich die Frau vor. Dort hinten in der Ecke hatte sie es gehört. Hinter diesem Kistenstapel da. Langsam näherten die beiden sich dem Stapel. Auf einmal quiekte es rechts von Freya und etwas Kleines rannte über ihren Fuß.

„Igitt!"

Sie zog den Fuß zurück und schüttelte sich. Dann

lachte sie leise und nervös.

„Eine Maus! Byrt, es war nur eine Maus!"

Sie drehte sich um und sah einen sehr blassgrünen Granitianer vor sich stehen. Sie hob die Brauen. Entweder das Licht hier unten war nicht ausreichend für ihre Augen oder der Mann stand kurz vor einem Herzinfarkt.

„Ist alles in Ordnung, Byrt?"

Der große Mann nickte.

„Maus", kam es mit belegter Stimme.

„Nur eine Maus."

„Genau", lächelte Freya, um ihn zu beruhigen.

„Völlig normal an Bord von Schiffen."

Sie zuckte zusammen. Da war das Geräusch wieder. Hinter den Kisten. Ein Rascheln oder Knistern. Vielleicht auch ein Kratzen.

Byrt wurde noch grauer, wenn Freya das richtig beobachtet hatte.

„Maus?", kam es leise von ihm.

Freya schüttelte den Kopf.

„Ich weiß es nicht. Wir müssen nachsehen."

Da war das Geräusch wieder. Alles in Freya, jede Faser ihres seins, drängte in eine andere Richtung, aber das kam nicht infrage. Sie mussten es untersuchen. Dafür waren sie hier unten. Ihr Gesichtsausdruck wurde härter. Sie hatte eine Entscheidung getroffen.

„In Ordnung, ich sehe jetzt nach."

Sie legte sich vorsichtig auf den Boden und robbte langsam in Richtung der Kisten. Byrt nickte nur stumm und hielt, so gut es eben ging, die Laterne in die fragliche Richtung, ging jedoch keinen Schritt hinter der mutigen Parda her.

Freya konnte ihr eigenes Atmen hören, empfand jedoch das Schlagen ihres Herzens noch wesentlich lauter als das. Sehr langsam tastete sie sich nach vorne, Zentimeter um Zentimeter. Da! Wieder das Geräusch!

Freya schüttelte den Kopf. Nun bloß keine Angst haben, sagte sie sich. Sie robbte vorsichtig weiter.

Der Kistenstapel war nun schon zum Anfassen nahe. Direkt hinter dem Stapel musste es sein, was auch immer es war.

Freya zog sich mit ihren Händen an den Stapel heran und lugte um die Ecke. Sie starrte in zwei kleine, schwarze Augen.

Kapitel 14

„Quak!"

Freya hörte hinter sich ein erstaunlich hohes und sehr feminin wirkendes Kreischen und dann das Trampeln einer wegrennenden Elefantenherde. Byrt floh so schnell er konnte. Freya dagegen grinste und rappelte sich etwas auf.

„Nanu? Wie kommst du denn an Bord?"

Die Ente schien nicht sehr scheu zu sein, sie kam direkt auf die Parda zu und ließ sich streicheln. Sie schnatterte zufrieden, als Freya über das Gefieder strich. Sie fasste die Ente unter den Flügeln und hielt sie in ihren Armen als sie langsam aufstand.

Die Laterne war zwar ausgegangen, als der Granitianer sie fallengelassen hatte, aber das machte nichts. Die außergewöhnlichen Pardaaugen wiesen ihr zielsicher den Weg. Sie sprach weiter mit der Ente und streichelte sie, und der kleine, weiße Vogel schien das zu genießen.

Dann sah sie Byrt, er saß unterhalb der Leiter, die nach oben und auf das Deck führte. Unwillkürlich musste sie grinsen. Er war kreidebleich und zitterte.

„Von wegen, der Kerl und nicht abergläubisch!", dachte Freya.

Sie stellte sich vor ihm hin und reckte ihm die Ente entgegen.

„Quak!"

„Da hast du dein Seemonster, du Held!", spottete sie gutmütig.

„Es ist eine Ente, eine ganz normale Ente."

Die Ente schaute den Granitianer freundlich an und schnatterte.

Byrt stutzte, dann rappelte er sich auch.

„Ach so. Nur eine Ente!"

Er drehte sich zur Leiter, als wäre nie etwas gewesen, und kletterte hinauf auf das Deck.

Freya stand mit offenem Mund vor der Leiter und schaute die Ente an.

„Byrt, du bist ein Idiot", murmelte sie vor sich hin. Dann grinste sie die Ente an und machte sich ebenfalls an den Aufstieg.

Als sie auf dem Oberdeck ankam, sah sie schon, wie Byrt wortreich dabei war seine Heldentat zu schildern, allerdings komplett anders, als Freya sie miterlebt hatte.

„Und dann sag ich noch zu Freya, dass sie keine Angst haben sollte, ich bin ja bei ihr und es ist ja nur eine Ente!"

Er stellte sich in Heldenpose und schaute in die staunenden Augen der Männer und Frauen, die gebannt an seinen Lippen hangen.

Freya grinste und schüttelte nur leicht den Kopf,

streichelte dabei die leise vor sich hin schnatternde Ente.

Ein männlicher Parda schaute Byrt neugierig an.

„Wir haben hier oben mehrmals so ein hohes Kreischen gehört, das war dann wohl auch Freya, was?"

Byrt kratzte sich verlegen am Hinterkopf und schaute hilfesuchend zu Freya hinüber. Die zuckte aber einfach nur grinsend mit den Schultern.

„Ich ... äh ... kann schon sein. Ich habe das gar nicht so mitbekommen", antwortete der Granitianer dann etwas lahm.

Freya kicherte und begab sich mit der Ente im Arm dann zur Kajüte des Kapitäns, während Byrt zu alter Erzählform auflief und neuen, begeisterten Mannschaftsmitgliedern von seinem legendären Abenteuer erzählte.

Freya klopfte mit der freien Hand an die Kajütentür.

„Herein!", forderte sie die tiefe Stimme des Kapitäns auf. Freya drückte die Klinke herunter und trat in die mittlerweile bekannte Kajüte. Der Kapitän starrte noch auf Papiere auf seinem Schreibtisch, winkte die Parda aber heran und bedeutete ihr mit einer Geste seiner Hand, sich zu setzen.

Die Parda setzte sich und wickelte wie meist den Stert unbewusst um die Taille. Dabei streichelte sie die Ente.

Schließlich sah Feyonor Kardona auf, und zuckte direkt zusammen, als er die Ente sah.

„Was zur Hölle?"

Freya lachte ein fröhliches und ansteckendes Lachen und Kardona stimmte kurz mit ein.

„Wo kommt denn diese Ente her?", fragte er dann, als die junge Frau sich wieder etwas beruhigt hat.

„Das", kam es triumphierend aus dem Mund der Parda,

„ist das, was die Mannschaft für den Klabautermann oder für Leviathans Eier gehalten hat!"

Der Kapitän strich sich durch den grauen Bart.

„Da soll mich doch dieser und jener holen, wäre ich

geneigt zu sagen! Eine Ente!"

Freya nickte und die Ente schnatterte den Kapitän an.

„Aber wo kommt die bloß her?"

Er sah zwischen der Parda und der Ente hin und her.

„Ich vermute, die Ente wird an Bord gekommen sein, als wir im letzten Hafen lagen. Wer weiß, was sie gesucht hat. Jedenfalls muss sie in den Laderaum gefallen sein und von alleine kam sie natürlich nicht mehr heraus.", vermutete Freya mit einer nachdenklichen Stimme. Es klopfte.

Kapitel 15

„Herein!"

Freyas Ohren stellten sich etwas auf. Sie mochte den Kapitän und seine Stimme. Er hatte eine schöne tiefe und sonore Stimme. Sehr angenehm. Sie errötete leicht und hoffte, dass es dem Kapitän nicht auffallen würde. Wenn dem so gewesen sein sollte, ließ dieser es sich nicht anmerken.

Die Tür öffnete sich und ein sichtlich erhitzter und begeisterter Byrt betrat den Raum. Er schien etwas enttäuscht zu sein, Freya beim Kapitän zu finden.

„Ach so", stammelte der großgewachsene Mann.

„Freya hat Euch schon erzählt, wo wir Leviathan gefunden haben."

Der Kapitän und Freya sahen sich an und grinsten.

„Leviathan!", wiederholte der Kapitän nachdenklich.

„Das gefällt mir. Warum nicht."

Er beugte sich über den Tisch und streichelte sanft den Kopf der Ente.

„Ich denke", sprach er die Ente nun direkt an,

„Ich denke, du bist von nun an unser neues Maskottchen. Leviathan, die Ente!"

Leviathan schnatterte wohlig. Hier war er glücklich.

Und zuhause.

Die Legende geht nun weiter an der Seite von Byrt,

Elah und Freya in der Reihe

„Die Abenteuer von Freya Warmherz"

Völker von Kanthorus

Thol:

Das wohl menschenähnlichste Volk auf diesem Planeten. Männer werden durchschnittlich 1,80 Meter groß, die Frauen sind etwas kleiner. Die Thol stellen an der Gesamtpopulation von Kanthorus vermutlich die größte Bevölkerungsgruppe.

Parda:

Das Volk der Parda ist etwas kleiner und sehniger gebaut als die Thol. Zudem verfügen sie über katzenähnliche Augen und Ohren und einen katzenähnlichen Schwanz, den sogenannten Stert. Durch diese Eigenschaften können sie weit besser sehen als die anderen Völker und auch wesentlich besser hören.

Granitianer:

Körperlich sicherlich das beeindruckendste Volk auf diesem Planeten. Die Männer werden im Schnitt 2,50 Meter groß, die Frauen werden bis zu 2,20 Meter. Zudem sind die Granitianer sehr breit und muskulös gebaut. Ihre Haut ist etwas rau und die Hautfarbe geht von einem gräulichen Blau bis hin zu einem satten Grau.

Halma:

Die Männer dieses Volkes werden meist nur einen Meter groß, die Frauen unterscheiden sich in der Körpergröße nicht von den Männern. Dennoch wäre es ein Fehler die Halma nach ihren körperlichen Eigenschaften zu beurteilen. Sie sind besonders ehrgeizig und hartnäckig, manche meinen, das sei, um den geringen Wuchs auszugleichen.

Andere Bücher mit Freya Warmherz

High Fantasy Reihe

„Die Abenteuer von Freya Warmherz"

Bd. 1: Der Mahlstrom

Bd. 2: Die Stadt in den Wolken

Bd. 3: Nise Boao

Bd. 4: Gezeitennebel

Bd. 5: Myrata (in Vorb.)

Kinderbuch:

Unter lila Flagge – Piratige Geschichten für Klein und Groß

Legenden von Kanthorus

Bd. 1: Byrt

Bd. 2: Leviathan